Erlebnisse im Hotel mit König Alfred und seinem Hanswurst
Band X

Hubertus Scheurer

Erlebnisse im Hotel mit König Alfred und seinem Hanswurst

Der Kampf eines Bürgers gegen ein Unternehmen mit faschistoiden Verhaltensweisen

Band X

Bibliografische Information der Deutschen Nationalbibliothek
Die Deutsche Nationalbibliothek verzeichnet diese Publikation in der Deutschen
Nationalbibliografie; detaillierte bibliografische Daten sind im Internet über
http://dnb.d-nb.de abrufbar.

Hubertus Scheurer – Erlebnisse im Hotel mit König Alfred und seinem Hanswurst, Band X
© Copyright 2009. Alle Rechte beim Autor.
Satz, Coverdesign, Herstellung und Verlag: Books on Demand GmbH, Norderstedt
ISBN: 978-3-8370-3312-0

Informationen über:
www.Hubertus-Scheurer.de

Inhaltsverzeichnis

Vorwort   9

1. Zum Abschluß   13
2. Kack statt Euro   14
3. Der falsche Cent   15
4. Auf der Insel   16
5. Wenig Grütze   17
6. Ehrlichkeit   18
7. Gefährdung des Rechtsbestandes   19
8. Das rechte Licht   20
9. Uns Ole will kein Buch   21
10. Marmor, Stein und Würde bricht   22
11. Vielleicht, vielleicht, vielleicht   23
12. Singen mit Theo Lingen   24
13. Zwei Ehrenmänner   25
14. Alfreds Tage   26
15. Geranien aus Spanien   27
16. Leinenzwang   28
17. Das K. und K. Infantrieregiment   30
18. K. hat F. gefressen   32
19. Der Riegel   33
20. Die Paarung   34
21. Der fliegende Hanswurst   35
22. Alfred kocht   36
23. Seit es Herbst wird   38
24. Das schwarze Loch   40
25. Advent, Advent   41
26. Der Pinguin   42
27. Fünf Sterne   43

28. Der grobe Holzbock   44
29. Herkules im Hotel-Alfred   45
30. Un-Heil-Alfred   46
31. König Alfred und Konsorten   48
32. Die Waffenungleichheit   50
33. Meine Güte, diese Hüte!   51
34. Wie König Alfred Hanswurst fand   53
35. Was soll Alfred mit 'ner Frau?   55
36. König Alfred und die Fürsten   57
37. König Alfred kann auch anders   59
38. König Alfred vom Pfuhl   61
39. König Alfred in Klausur   63
40. König Alfred in den Jahren   65
41. König Alfred und Mister Gabel   67
42. Hörst Du nicht die Glocken?   69
43. Remis in der Golfpartie   71
44. Hanswurst stell das Wasser ab!   73
45. In vino veritas   75
46. Habt mich mal gern!   77
47. Hoch die Tassen!   78
48. Nichts als Spesen   79
49. Bekanntmachung   80

Anhang   81

50. Bücherverbannung   83
51. Deutsche Bank   84
52. Bankbetrug   85
53. Smarte Heilige   86
54. Wenn Wowereit den Ole freit   87
55. Habt euch lieb!   88
56. Ole und der Kuschelbär   89

57. Der Rechtsdoktor   90

58. Das Nudelgericht   91

59. Zum Polizeistaat   92

60. Ein feiner Staat   93

61. Soldat der Bundeswehr   95

62. Sterben für Würste   96

63. Die Suppenspucker   98

64. Wieder Polizeigewalt   99

65. Zum Strafverfahren   101

66. Wieder mal im Strafgericht   103

67. Ein Raffzahn   106

68. Für die Würde   107

69. Kriminelle – Polizei   108

70. Die Zähne ziehn   109

71. Rechtsstaat?   110

72. Die letzte Tat   111

73. Oh Waldeslust!   112

74. Wert der Freiheit   113

75. Schönrednerei   114

76. Einigkeit im Recht auf Feigheit   115

77. Kein feste Burg   116

78. Staatsverschwendung   117

79. Balken im Auge   118

80. Die richtige Mischung   119

81. Verwunderlich?   120

82. Mit Niemand leben   121

83. Wie ein Graben   122

84. Geburt und Tod   123

85. Der Stein im Sumpf macht keine Ringe   124

86. Wie geht's?   125

87. Erscheinung   126

88. Schwermut   127

89. Wie oft noch?   128

90. Würd doch!   129

91. Ohne sie   130

92. Gute Nacht!   131

Vorwort

Dieser zehnte Band wurde zur Abrundung des Zyklus »Erlebnisse im Hotel – mit König Alfred und seinem Hanswurst« erstellt. Er umfaßt einen Teil der bisher nicht veröffentlichten Gedichte über König Alfred und sein Umfeld sowie einige aus den drei verbotenen Büchern, jeweils wieder gekennzeichnet mit Sternen. (1 bis 3)

Im Anhang erfolgt dann eine Mischung aus Gedichten mit aktuellen, allgemeinen und persönlichen Inhalten, an deren Veröffentlichung mir besonders gelegen ist. Außerdem war bezüglich der ausführlichen Darstellung im Band IX, betreffend die Auseinandersetzung mit der »Hamburger Lügenpolizei« noch einiges nachzutragen.

Der von meinem Anwalt am 10.4.2008 eingereichten Klage wegen der Anfechtung einer Waffenuntersagung, deren Abweisung die Polizeiverwaltung sogleich beantragte, wurde immer noch nicht, wir befinden uns jetzt im Januar 09, stattgegeben, obwohl die Justizbehörde sofort eine Zahlung von € 498,– verlangte und von mir erhalten hat und obwohl die Untersagung eindeutig auf unwahren Unterstellungen der Polizei beruhte.

Dagegen wurde ich im August 2008 zu einer völlig überflüssigen Vernehmung beim Landeskriminalamt vorgeladen. (Sh.: »Wieder Polizeigewalt«)

Damit jedoch nicht genug; die Polizeiverwaltung leitete danach über die Staatsanwaltschaft ein Verfahren beim Strafgericht gegen mich ein, weil ich die Waffen bis zur Abholung durch die Polizeiverwaltung im Besitz hatte.

Dazu ist zu sagen, daß mir mein Anwalt nach der »Waffenuntersagung« in einem Telefongespräch mitgeteilt hat, daß ich die Waffen an eine Person abgeben müßte, die zum Waffenbesitz berechtigt sei. Eine solche Person kenne ich nicht; deshalb bat ich den Anwalt, dies der Polizeiverwaltung mitzuteilen. Außerdem erklärte ich, daß die Waffen von der Polizei abgeholt werden könnten.

Hiervon setzte mein Anwalt die Polizeiverwaltung in Kenntnis, und ich hielt die Waffen bis zur Abholung bereit. Trotzdem war die Richterin der Ansicht, mich bestrafen zu müssen.

Mein Anwalt meinte, daß eine Berufung gegen das Urteil nur mit zusätzlichen Kosten für mich verbunden sein würde, weil ich auch in der nächsten Instanz keine Chance hätte.

Mich verwundert das nicht mehr, so daß ich mir einen weiteren Gang in so ein Gericht ersparen möchte.

Die Verfahrensweise der Polizeiverwaltung und auch die Verhandlung im Strafgericht wurden im Anhang in Gedichtform von mir kommentiert.

Ich habe das Vertrauen in die hiesige Rechtsprechung verloren und aufgezeigt, in welch einer maroden Rechtskultur wir in Deutschland schon wieder leben.

Die Freiheit in diesem Land scheint mir vor allem durch die Zustände im Innern gefährdet zu sein.

Obwohl ich meine, meiner Verpflichtung, für Recht und Freiheit einzustehen, Genüge getan zu haben, will ich mir vorbehalten, die Darlegungen aus diesem Band und dem Band IX, betreffend die Polizei und die Rechtsprechung, noch einmal zusammenzufassen und unter dem Titel »Bürger wacht auf!« in einem größeren Umfang zu verteilen. Dort werde ich dann auch über den Ausgang meines Widerspruches gegen das »Waffenverbot« berichten.

Es sei noch erwähnt, daß ich in dieser Sache bereits € 156,– an Strafgebühren für die Polizei und gut € 2.200,– für Anwaltskosten aufbringen mußte.

Wenn zusätzlich die gerichtlich verordnete Strafzahlung von

€ 6.500,– in Betracht gezogen wird, kann man die folgenden Verse verstehen, die einen Hinweis darauf geben, daß wir immer weiter in die Unfreiheit abgleiten.

Freiheit, diese schreibt man hier
Nur ganz groß auf dem Papier;
Von den Staatslakai'n entrechtet,
In der Wirklichkeit geknechtet,

Wird der Bürger kühl und dreist
Von den Mächt'gen abgespeist;
Mag die Stimme nicht erheben
Für ein freiheitliches Leben,

Denn, was kommt dabei heraus,
Nur ein Tiefschlag, kein Applaus.
Das war so zu allen Zeiten,
Denen, die für Freiheit streiten,

Hat es meist nichts eingebracht,
Ja, sie wurden drum verlacht;
Aufrecht gehn, hat seine Tücken,
So zieht vor man sich zu bücken.

Zum Abschluß

Man sagt, es wär allerhand,
Daß ich für den Kack im Land
Schon so viele Worte fand;
Doch nun folgt der Abschlußband.

Weshalb ich mich aufgerieben,
Über K. so viel geschrieben,
Kann man in den Büchern lesen;
Dieses ist das Ziel gewesen.

Einen Grund, den nenn ich jetzt
Dafür noch zu guter Letzt;
Ihn, den möcht' ich nicht verdrängen:
Es bleibt immer etwas hängen,

Wenn ein Mensch verleumdet wurd; *
Sei der Vorwurf auch absurd,
Irgendetwas, so denkt man,
Ist ja vielleicht doch daran.

Deshalb ist es angemessen,
Alfred K. nicht zu vergessen;
Den Verleumder zu benennen,
Damit ihn nun alle kennen.

* Sh.: A. Schopenhauer, »Aphorismen zur Lebensweisheit«, S. 227;
erschienen bei: Rhenania Bibliothek

Kack statt Euro

Angemessen wär die Ehrung,
Benennt man nach mir die Währung;
Ließ jetzt Alfred K. verlauten,
In dem Kreise, dem vertrauten.

Statt dem Euro einen Kack,
Träf von Alfred den Geschmack;
Würd dem Volke der beschieden,
Wär es ebenfalls zufrieden,

Denn der Euro, das weiß man,
Der kam bei ihm nicht gut an.
Mit dem neuen Kack hingegen,
Könnte man weit mehr bewegen;

Und da fiel dem Hanswurst ein,
Er würd auch von Vorteil sein
Bei der nächsten Währungskrise;
Schlittert man noch mal in diese,

Geht das nicht so sehr zu Herzen,
Denn den Kack könnt man verschmerzen;
Da wurd im vertrauten Kreis
Bei dem Thema es ganz leis.

Der falsche Cent

Wer den König Alfred kennt,
Weiß, er ist ein falscher Cent,
Seit der Fuffziger im Land
Mit der D-Mark ganz verschwand.

Alfred, der im Größenwahn
Zieht noch immer seine Bahn,
Bekam so, das ist kein Spaß,
Wenigstens das rechte Maß.

Falscher Cent, da wär's schon dreist,
Wenn den EURO, Kack man heißt;
K., er hat auch mich gelinkt,
Und sein neuer Plan, der stinkt.

Auf der Insel

Alfred K. stand schon bereit
Vorm Hotel im Reisekleid,
Und Hanswurst mußt auf dem Rasen
Zum Abschied das Jagdhorn blasen.

Endlich war es dann soweit,
Anwalt Schnurz nahm sich die Zeit,
Trug die Koffer hin zum Wagen,
Um Alfred adieu zu sagen.

Von der Reiselust erfüllt,
Ging es wieder mal nach Sylt;
Dort genau, wo sich noch heute
Treffen prominente Leute.

Ebendort war Hanswurst dran,
Kündigte die Ankunft an,
Mit dem Jagdhorn, mußte blasen,
Wie zuvor schon auf dem Rasen.

Sogleich ging's von Mund zu Mund,
Einer tat's dem andern kund:
Alfred K., der Einfaltspinsel,
Kam mal wieder auf die Insel.

Wenig Grütze

Hanswurst hat unter der Mütze
In dem Kopf nicht sehr viel Grütze;
Doch auch unter Alfreds Licht
Hat im Kopf sie kaum Gewicht.

Trotzdem konnt mit wenig Bregen
König Alfred viel bewegen;
Aber in der Nähe fand
Alfred Leute zu brisant,

Die ihn geistig überragen;
Nein, das konnt er nicht ertragen,
Somit flogen sie hinaus,
Kurzerhand aus seinem Haus.

Ob auch Hanswurst, der Bewußte,
Ebendeshalb gehen mußte?
Niemand weiß es so genau;
Keiner wird aus Alfred schlau.

Ehrlichkeit

Daß Ehrlichkeit am längsten währt,
Ist oftmals, wie wir sahn, verkehrt;
So wird Herr K. noch lange währen,
Begraben dann mit allen Ehren,

Ja, geht es um das große Geld,
Ist Ehrlichkeit schnell aus der Welt;
Dann kann man sich die Staatsgewalten
Sogar zu seinen Diensten halten.

Auch, daß die Presse wirklich frei,
Vom Mammon unabhängig sei,
Der Glaube, nicht erst zu beweisen,
Gehört schon längst zum alten Eisen.

Trotzdem zähln wir auf Ehrlichkeit,
Weil sie erst Würde uns verleiht,
Und Freiheit kann nur lange währen,
Hält man die Ehrlichkeit in Ehren.

Gefährdung des Rechtsbestandes

Solang vom Kack der Furz im Land
Kommuniziert im Rechtsgewand,
Vergrößert sich im Rechtsgeflecht
Der Anteil vom verfurzten Recht.

Der alte K. ist darauf scharf,
Er sagt dem Richter, was er darf;
Und der gehorcht; im Rechtsbereich
Sind eben doch nicht alle gleich.

Da sag ich, Bürger, Augen auf,
Denn nimmt im weiteren Verlauf
Vom Furz der Anteil überhand,
Gefährdet das den Rechtsbestand.

Das rechte Licht

Dem Furz, bekannt durch sein Gesulz,
Ging wieder mal ganz hoch der Puls,
So daß er nicht erst überlegt,
Statt dessen faule Eier legt.

Das liegt bei ihm in der Natur,
Er denkt dann nicht, er faselt nur;
Was hat ihn jetzt so stark erregt,
Daß er derart ins Zeug sich legt?

Es war auch diesmal ein Gedicht,
Das auf ihn warf das rechte Licht;
Zeigt uns sein wahres Angesicht,
Kann man verstehn, das mag er nicht.

Uns Ole will kein Buch

Uns Ole will kein Buch geschenkt,
Weil er an Alfreds Kohle denkt;
Wird Ole mit dem Buch gesehen,
Würd Alfred an die Decke gehen.

Es wäre mit der Freundschaft aus,
Im Grandhotel kein Drink, kein Schmaus;
Und Alfred würd, da ist er eigen,
Die kalte Schulter Ole zeigen.

Für Ole ist von mir ein Buch,
Verständlich, wie ein rotes Tuch;
So läßt er es ganz schnell verschwinden,
Denn niemand darf es bei ihm finden.

Marmor, Stein und Würde bricht

Marmor, Stein und Eisen bricht;
Auch die Würde vom Gericht,
Schmiert K. Richtern in Attacke,
Lügenbrei dreist auf die Backe;

Dann verklärt sich ihr Gesicht,
Aus dem jetzt die Liebe spricht;
Und das Recht wird unterdessen
Ganz in Alfreds Sinn bemessen.

Denn obgleich die Würde bricht,
Schadet das der Liebe nicht;
Und das Recht, es wird verlieren,
Solang Herrn wie K. schön schmieren.

Vielleicht, vielleicht, vielleicht

Herr Alfred K. strebt nach Gewinn,
Sieht darin seines Lebens Sinn;
Kann's sein, daß ihm bald keiner gleicht?
Vielleicht, vielleicht, vielleicht.

Herr Alfred K. der ist famos,
Als Unternehmer rücksichtslos;
Wird ihm verziehn das in der Beicht'?
Vielleicht, vielleicht, vielleicht.

Herr Alfred K. der zeigt sich gern
Mit heil'gem Schein und gutem Stern;
Merkt man, wie hier der Anstand weicht?
Vielleicht, vielleicht, vielleicht.

Herr Alfred K. ist hochgestellt
In einer geistig platten Welt;
Ob das auch für den Himmel reicht?
Vielleicht, vielleicht, vielleicht.

Theo

Singen mit Theo Lingen

Alfred wollt mit Theo Lingen
Damals im Duett gern singen;
Theo, dieser alte Hase,
Sang so herrlich durch die Nase,

Während Alfred stets entzückte,
Wenn er seine Töne drückte,
Sich dabei ein wenig duckte
Und mit seinem Kehlkopf zuckte.

Doch schon nach den ersten Proben
Sah man Theo richtig toben,
Denn es fing bei Alfreds Zucken
Theos Nase an zu jucken,

So daß jetzt, gut zu begreifen,
Rauskam nur ein schrilles Pfeifen;
Theo rief, da muß ich passen,
Wenn Sie nicht das Zucken lassen,

Muß ich ständig mit den Krämpfen
In den Nasenlöchern kämpfen;
Das war's, jeder sang nun wieder
Nur noch solo seine Lieder.

Zwei Ehrenmänner

König Alfred war am Unken,
Hanswurst, Du hast keinen Funken
Ehrgefühl in Deinem Leib,
Zeterst wie ein altes Weib;

Fühlst Dich auf den Schlips getreten,
Solltest aber lieber beten;
Störst Du noch mal meine Ruh',
Tret ich nächstens richtig zu.

Mit der Ehre und dem Funken,
Das hat Hanswurst sehr gestunken,
Denn mit Alfred und der Ehr'
War es auch nicht so weit her.

Ging's um seine Interessen,
War die Ehre schnell vergessen,
Und da paßte Ehrgefühl
Selten nur in sein Kalkül.

Doch Hanswurst wollt sich nicht wehren,
Soll man doch den Meister ehren;
So sprach er: Sie sind im Recht,
Ein Ehrenmann, mein Tun war schlecht.

Alfreds Tage

Alfred hatte ohne Frage
Wieder einmal seine Tage;
Er war sowieso schon stur,
Doch jetzt nörgelte er nur.

Nichts schien Alfred angemessen,
Und es schmeckte ihm kein Essen;
Er fand, ganz gleich wo er war,
In der Suppe stets ein Haar.

Was auch immer man grad machte,
So wie einst Heinrich der Achte,
Lief er wutentbrannt im Kreis,
Auf der Stirn stand ihm der Schweiß.

Allen ging bald das Gemecker
König Alfreds auf den Wecker;
Selbst der Hanswurst war geknickt,
Fragte, ob der richtig tickt?

Dann am Ende dieser Tage
War es Schluß mit Alfreds Plage,
Doch man wußte, irgendwann
Fängt's von vorne wieder an.

Geranien aus Spanien

Jedes Jahr geht es nach Spanien;
Alfred kauft dort die Geranien,
Denn die spanischen Geranien
Gibt es nirgends in Germanien.

Darin ist der Alfred eigen;
Er will allen Leuten zeigen,
Daß selbst seine Blumenkästen
Zählen zu den allerbesten.

Und wenn Spaniens Blüten blühen,
Lohnen sich auch all die Mühen,
Denn man kann den wunderbaren
Schöngeist Alfreds so erfahren.

Außerdem denkt Alfred weiter;
Hanswurst kommt mit als Begleiter,
Er muß, damit sie schön sprießen,
Auf der Fahrt die Blumen gießen.

So hat man auf diese Weise
Jedes Jahr die Spanienreise;
Und die Reise ist nicht teuer,
Denn den Hauptteil zahlt die Steuer.

Leinenzwang

Alfred mit dem großen Mund
Bellt genauso wie sein Hund;
Waldi scheint das zu gefallen,
Außer ihm jedoch nicht allen.

Gibt der Alfred richtig Laut,
Geht das schon unter die Haut;
Damit kann er jeden necken,
Oder aber auch erschrecken.

Auf dem Alsterwanderweg
Gab es dafür den Beleg;
An einer der schönsten Stellen
Fing der Alfred an zu bellen.

Vor ihm, einer alten Frau
Wurd's sogleich im Magen flau;
Sie wollt grad vom Weg abdrehen
Und hat Alfred dann gesehen.

Eingeschüchtert, noch recht bang,
Rief sie, hier ist Leinenzwang;
Wollen Sie sich wohl bequemen,
An die Leine sich zu nehmen.

Das saß, und der Alfred bellt
Nur noch, wenn er Waldi hält
An der Leine, nun auch seine,
Und Beschwerden kommen keine.

Das K. und K. Infantrieregiment

Das K. und K. Infantrieregiment,
Das kaum einer kennt,
Weil die Zeit so rennt,
Das K. und K. Infantrieregiment,
Das ehrenvoll sich nennt,
Liegt nicht mehr im Trend.

Bei uns führt heut ein K. das Regiment,
Den ein jeder kennt,
Bockwurstkönig nennt;
Bei uns führt heut ein K. das Regiment,
Zu dem jeder rennt,
Der liegt voll im Trend.

Das K. und K. Infantrieregiment,
Das ehrenvoll sich nennt,
Kaum noch einer kennt,
Dieses Regiment liegt nicht mehr im Trend,
Weil es vehement
Zur Ehre sich bekennt.

Bei uns führt heut ein K. das Regiment,
Der keinen Kodex kennt,
Der ehrenvoll sich nennt;
Deshalb liegt von K. das Regiment,
Das keine Ehre kennt
Heute voll im Trend.

K. hat F. gefressen

K. und F., man weiß die beiden,
Konnten sich einst sehr gut leiden;
F. der durft für K. entscheiden,
Wollte keinen Rechtsstreit meiden.

Und so hat er unbestritten,
Auch mal gegen gute Sitten,
K. in manchen reingeritten,
Doch zuletzt hat K. gelitten,

Denn der F. war zu vermessen,
K. wird das wohl kaum vergessen,
Und so hat er unterdessen
Vielleicht seinen F. gefressen.

Der Riegel

Alfred K. stand vor dem Spiegel,
Er bewunderte den Riegel,
Der am Hintern angebracht,
Hält jetzt Tag und Nacht die Wacht.

Es heißt, einmal würd ihm reichen,
Luft konnt damals nicht entweichen
Als das Loch spurlos verschwand,*
Bis man es dann wiederfand.

So ein Riegel ist zwar teuer,
Doch der Druck war ungeheuer,
Alfred K. erfuhr, daß man
Dabei sogar platzen kann.

Deshalb wär es falsch zu sparen
Bei den drohenden Gefahren;
Durch den Riegel, klar erkannt,
Sind dieselben jetzt gebannt.

*) Sh.: Band II, Seite 23

Die Paarung

Alfred K. saß in dem Garten,
Sah die Knospen, all die zarten,
Konnte es kaum mehr erwarten,
Daß sich jetzt die Vögel paarten.

Zuerst kam ein Eichelhäher
Mit dem Weibchen immer näher,
Setzte sich dann oben drauf,
Und der Akt nahm seinen Lauf.

Darauf kam ein Meiserich,
Hatte seine Frau bei sich,
Ihr ein Liedchen schön gesungen,
Ist dann fröhlich aufgesprungen.

Schließlich kamen noch zwei Tauben,
Alfred wollt es erst kaum glauben,
Wie der Täuberich verkehrt,
Sich die Taube dabei wehrt.

Das war nun genug für heute,
Alfred dacht' an seine Leute;
Sicher würden sie schon warten,
So verließ er schnell den Garten.

Der fliegende Hanswurst

Hanswursts Stimme, sonst vertraut,
Wurde manchmal viel zu laut;
Mit den Tönen, seinen schrillen,
Stieß er stets auf Widerwillen.

So tat er sich heut hervor,
Rief: Leihn Sie mir mal Ihr Ohr!
Alfred drauf: Ich werd's Dir leihen,
Deshalb mußt Du nicht so schreien;

Und da ich es Dir nur leih,
Gib es schnellstens wieder frei;
So verwiesen in die Schranken,
Dacht' Hanswurst, ich werd's Dir danken;

In dem weiteren Verlauf
Ging sein Mund nur zu und auf,
Ohne, daß ein Wort er sagte,
Wenn der König ihn was fragte.

Das fand Alfred unerhört,
Und er war zutiefst empört,
Hat Hanswurst am Ohr gezogen,
Dann ist der hinausgeflogen.

Alfred kocht

Unser König Alfred kochte,
Allerdings auch nur vor Wut,
Weil er kochen sonst nicht mochte,
Hatte damit nichts am Hut.

Sein Koch sollt alleine kochen,
Viele Köche, nebenbei,
Er hat's ihm ganz fest versprochen,
Die verderben nur den Brei.

Es reicht schon, wenn Hanswurst guckte
Über seines Tellers Rand,
Und ihm in die Suppe spuckte,
Was er auch nicht lustig fand.

Heut war Alfred nun am Kochen,
Eben aus besagtem Grund,
Hanswurst hat sich schnell verkrochen
Denn es ging jetzt ganz schön rund.

Alfred wurde angetragen,
Daß er besser schweigen sollt,
Bei dem, was er hätt zu sagen,
Wäre Schweigen wirklich Gold.

Doch der König wollt nicht schweigen,
Und er rief in tiefem Groll,
Ich werd es Euch allen zeigen,
Denn das Maß ist übervoll.

Seit es Herbst wird

Seit es Herbst wird, trägt K. wieder
Jeden Tag sein warmes Mieder
Und die lange Unterhose,
Er nennt sie die Herbstzeitlose,

Weil sie wirklich zeitlos ist,
Er dem Hanswurst nicht vergißt,
Daß der ihm die Hose strickte,
Die seither ihn so erquickte;

Denn trotz seinem heilgen Scheine
Hatte er stets kalte Beine;
Damals war er ganz verhärmt,
Weil der Schein nun mal nicht wärmt.

Auch die vielen Unterkleider,
Angefertigt von dem Schneider,
Mochten noch so gut sie sitzen,
Mit erlesnen Brüssler Spitzen,

An den Rändern reich verziert,
Nützen nichts, wenn einer friert;
Da kann man die Raffinessen
Bei der Wäsche gern vergessen.

Diese Einsicht kam nun leider
Viel zu spät bei seinem Schneider,
Der, da ist K. rigoros,
Wurde dadurch arbeitslos.

Das schwarze Loch

Alfred sprach zu seinen Erben,
Ich werd lange noch nicht sterben,
Also stellt Euch nicht drauf ein,
Demnächst Erben schon zu sein.

Mancher zählt, ganz außer Frage,
Sicher bereits meine Tage,
Doch dafür gibt's keinen Grund,
Ich bin nämlich kerngesund.

Möcht auch nicht ans Jenseits denken,
Das allein kann mich schon kränken,
Weil, darin seh ich den Sinn,
Ich auf Erden König bin.

Steh hier fest auf beiden Beinen,
Was danach kommt, will mir scheinen
Wie ein großes schwarzes Loch,
Und das fehlt mir grade noch.

Deshalb ist es mein Bestreben,
Ewig hier bei Euch zu leben,
Also bitte keine Hast,
Der kann gehn, dem dies nicht paßt.

Advent, Advent

Advent, Advent, wer Alfred kennt,
Der weiß genau, was kommen soll;
Mit jeder Kerze, die dort brennt,
Hofft er, wird seine Kasse voll.

Es steigt von Kerze eins bis vier,
Das war stets so in Alfreds Haus,
Der Wurstkonsum und der vom Bier,
Denn Hanswurst spielt den Nikolaus.

Er schenkt den Gästen kräftig ein
Und öffnet seinen prallen Sack,
Ruft: Faßt, das kostet nichts, hinein,
So sorgt für Euch der große Kack.

Für jeden etwas Salzgebäck,
Das Durst macht, Appetit anregt,
Damit erfüllt es seinen Zweck,
Wie bald der Kassensturz belegt.

Advent, Advent, ein Lichtlein brennt,
Erst eins, dann zwei, dann drei, dann vier,
Wer unsren guten Alfred kennt,
Der weiß, er hat daran Pläsier.

Der Pinguin

Einmal mußte K. sich bücken,
Resultat, ein steifer Rücken;
Ärgerlich war das und dumm,
Er bekam ihn nicht mehr krumm.

K. hat dadurch stark gelitten,
Aus war es mit forschen Schritten,
Mühte er sich noch so sehr,
Nein, er watschelte umher.

Und der Rücken stocksteifgrade,
Auf der Alsterpromenade
Dachte man, wer kommt denn da
Als man König Alfred sah.

Er kam näher, man erkannte
König Alfred, der bekannte
Watschelte im Watschelgang
Hier die Promenade lang.

So erhielt er den infamen,
Aber passend neuen Namen:
Hinter vorgehaltner Hand
Wurd er Pinguin genannt.

KÖNIG ALFRED UND SEIN HANSWURST

Fünf Sterne

Fünf Sterne für das Hotel-Alfred
Scheinen reichlich übertrieben,
Doch der König Eitel-Alfred
Hätt statt dessen gerne sieben.

Fünf Sterne für ein Unternehmen,
Das den Gast nicht hält in Ehren;
Ein sternverwöhntes Publikum
Sollt dort sicher nicht verkehren.

Da mag der König größer bauen,
Wohl träumen auch von weitren Sternen,
Solang der Wurm in seinem Haus,
Wird er vom Traumziel sich entfernen.

Denk König an den Turm zu Babel,
Auch der mußte einst untergehn;
Bleibt Einsicht, Ehrbarkeit Dir fern,
Wird's schlecht um Deine Sterne stehn!

KÖNIG ALFRED UND SEIN HANSWURST

Der grobe Holzbock

Einer dieser großen Bosse
Saß auf einem hohen Rosse,
Hoch die Nase, voller Stolz
Wie ein Bock aus grobem Holz.

Dies ging gut bis eine Mücke
Stach dem Roß mit Lust und Tücke
In das blanke Hinterteil,
Fand der Holzbock gar nicht geil.

Als der Gaul von dannen schoß,
Flog er nämlich von dem Roß,
Und der große Boß, sieh an,
War ein kleiner Biedermann!

44

KÖNIG ALFRED UND SEIN HANSWURST

Herkules im Hotel-Alfred

Alfreds Haus in Hamburg
Ist ein Augiasstall,
Könnte doch der Herkules
Lösen diesen Fall.

Ja mit einem Riesenschlauch
Spülte er hinweg,
Aus dem ehrenwerten Haus
Schnell den ganzen Dreck.

Auch den Herrn Direktor
Duschte er dann ab,
Mit geballtem Wasserstrahl
Und das nicht zu knapp.

So würd dies einst feine Haus
Endlich wieder rein,
Könnt vielleicht wie früher mal
Ein Elysium sein.

Un-Heil-Alfred

Un-Heil-Alfred, wie gesagt,
Teilte mit, daß er jetzt klagt;
Meine Verse mag er nicht,
Deshalb zieht er vor Gericht.

Nun, mein eigner Rechtsanwalt
Meinte, laß ihn klagen halt;
Er empfahl als Gegenstück
Klagen einfach wir zurück.

Mit dem Ziel, daß er fortan
Mich nicht mehr verleumden kann;
Doch wenn Un-Heil-Alfred lügt,
Letztlich er sich selbst betrügt.

Denn das himmlische Gericht
Täuscht er wohl ganz sicher nicht;
Wart ich gern, wird's noch so spät,
Bis er dort vor'm Richter steht.

Wenn er hier so weitermacht,
Wird er schließlich ausgelacht,
Macht sich selber zum Idiot,
Lebend zwar, doch menschlich tot.

König Alfred und Konsorten

König Alfred und Konsorten,
Oder auch in andren Worten,
Diese heillosen Banausen,
Mögen wohl im Unrat hausen,

Den sie angehäuft im Denken,
Um den Mitmenschen zu kränken;
Wird den Hirnraum nur verengen,
Und man weiß, daß unter Zwängen,

Kommen die Neurose-Leiden,
Ließen sich vielleicht vermeiden,
Könnten weiter sonst vernebeln,
Den Verstand, ihn vollends knebeln,

Und auch andren Menschen schaden,
Die das hätten auszubaden;
Deshalb würde ich empfehlen,
Bevor sie sich selber quälen,

Einen Ausweg noch zu suchen
Und den Sperrmüll schnell zu buchen,
Um den Müll aus vielen Jahren,
Auszusondern, abzufahren.

Vielleicht können sie dann sehen,
Was sie heute nicht verstehen,
Aus der Asche sich erheben,
Für mehr Anstand hier im Leben.

Die Waffenungleichheit

Vielleicht ist es doch verwegen,
Sich mit Herrschern anzulegen,
Wird von vornherein geschaffen,
Eine Ungleichheit der Waffen.

Einen nicht zu kleinen Posten
Bilden für den Streit die Kosten;
Advokaten wollen leben,
Dem Gericht mußt Du was geben.

Kann der Herrscher drüber lachen,
Er darf halbe halbe machen;
Dadurch wird es nicht so teuer,
Eine Hälfte zahlt die Steuer.

Mag er Rechte auch verletzen,
Sind die Kosten abzusetzen,
Braucht er sich nicht drum zu grämen,
Zahlt für ihn das Unternehmen.

Willst als Demokrat Du kämpfen,
Um den Machtmißbrauch zu dämpfen,
Freiheitliche Rechte schützen,
Wird Dir das nur wenig nützen,

Steuerlich was abzubuchen,
Nun, man kann es ja versuchen;
Wird der Staat ganz klar verfügen,
Das ist Dein Privatvergnügen.

KÖNIG ALFRED UND SEIN HANSWURST

Meine Güte, diese Hüte!

König Alfred geht jetzt ohne
Seine wunderschöne Krone;
Wird man wohl warum sich fragen,
Nun, ganz einfach, er ließ klagen,

Und gerichtlich untersagen,
Seine Krone noch zu tragen.
Ja, er ist ein Mann von Größe,
Zur Bedeckung seiner Blöße,

Und zum Schutze seiner Bohne
Trägt er jetzt eine Melone.
Auch der Hanswurst mußte klagen,
Aber gut, was soll ich sagen,

51

Er trägt statt der Zipfelmütze,
Zur Erwärmung seiner Grütze,
Wahrlich, ach Du meine Güte,
Eine große Plastiktüte.

So sind beide gut behütet,
Oder eben eingetütet;
Bleibt zum Abschluß nur zu fragen,
Ob sie demnächst wieder klagen.

KÖNIG ALFRED UND SEIN HANSWURST

Wie König Alfred Hanswurst fand

Alfred hatte sich geschworen,
Nach nunmehr zehn Direktoren,
Die er allesamt gefeuert,
Denn sie waren überteuert,

Weil sie nicht die Leistung brachten
Und sich nicht zum Hofnarr machten,
Diesmal nicht auf Sand zu bauen,
Er wollt einen Oberschlauen.

So hat er hinzugezogen,
Erstmals einen Graphologen;
Mag der Mensch vielleicht betrügen,
Seine Schrift die kann nicht lügen.

Und die Schrift hat nicht getrogen,
Es gelang dem Graphologen,
Einen Hanswurst zu entdecken,
Der dem König sollte schmecken.

Ja, der Hanswurst, ohne Flachsen,
Ist ihm recht ans Herz gewachsen;
Wie der Vater mit dem Sohne,
Sitzt Hanswurst ganz nah beim Throne.

Denkt am Hofe man mit Schauern,
Diese Liebschaft könnt nicht dauern,
Wahrlich hinter Klostermauern
Würd der König dann wohl trauern.

So mag's in den Sternen stehen,
Wie's den beiden wird ergehen;
Hätt man doch hinzugezogen
Gleich noch einen Astrologen!

KÖNIG ALFRED UND SEIN HANSWURST

Was soll Alfred mit 'ner Frau?

König Alfred der ist schlau,
Sagt, was soll ich mit 'ner Frau;
Die ist vielleicht zu genau,
Zieht mich nur durch den Kakao;

Da bin ich mit einem Mann
Wie dem Hanswurst besser dran,
Weil ich ihm vertrauen kann,
Der gibt zwar auch ganz schön an,

Aber wenn der Grapholog,
Mich mit Hanswurst nicht betrog,
Ich vielleicht ein Glückslos zog,
Käm ich nicht in diesen Sog,

Daß noch einmal müßten gehn,
Direktoren derer zehn,
Und da kann man doch verstehn,
Daß ich das möcht gerne sehn.

Gut, da muß er noch mal schaun,
Ob er Hanswurst kann verdaun,
Und sonst denk ich, daß auf Fraun,
Er könnt hierbei besser baun.

Eine Frau, die klug, nicht dreist,
Mit Gefühl und mit viel Geist
Dem Hotel die Richtung weist,
So, daß man es wieder preist.

KÖNIG ALFRED UND SEIN HANSWURST

König Alfred und die Fürsten

Hanswurst, König Alfreds Knappe,
Als Direktor die Attrappe,
Hat zwar eine große Klappe,
Doch was rauskommt, ist von Pappe.

Die ihm angepaßte Hose,
Sitzt daher bedenklich lose,
Doch zum Vorteil für den Jecken,
Kann er sich darin verstecken.

Nur der König ist begeistert,
Wie der kleine Hanswurst meistert,
Das, was er ihm aufgetragen,
In verschiednen Lebenslagen.

Allerdings kann man erkennen,
Mancher würd es Schwäche nennen,
Daß der König, einst verwegen,
Sich jetzt abstützt auf dem Degen.

Und so könnte sich beschränken
Auch der Geist in seinem Denken,
So, daß wieder aus Hanswürsten
Werden dann des Reiches Fürsten.

Doch man kann es auch so sehen:
Reiche kommen und vergehen,
Was geschah, das wird geschehen,
Nur die Welt, sie bleibt bestehen.

KÖNIG ALFRED UND SEIN HANSWURST

König Alfred kann auch anders

Hanswurst hat es gleich gewußt,
König Alfred hatte Frust;
Er begann schon, sein Verdruß,
Als er mit dem falschen Fuß,

Heute früh sein Bett verließ,
Seine Stimmung war ganz mies,
Und mit eingefallner Brust
Sprach er: Ich hab keine Lust.

Hanswurst, ich hatt' einen Traum,
Hör schön zu, Du glaubst es kaum,
Ja, ein Richter hier im Land
Hat sich nicht zu mir bekannt.

Dieser Kerl hat es gewagt,
Und es auch noch laut gesagt,
Sicher ist er nicht ganz echt,
Ich hätte nicht immer recht.

Rief dann noch im Übermut,
Meinungsfreiheit, die ist gut;
Hanswurst, wenn das Schule macht,
Ist es aus mit unsrer Pracht.

Noch war dies zwar nur ein Traum,
Hat im Leben keinen Raum,
Oder gar ein Schicksalswink?
Daß mir da die Lust verging,

Hanswurst, das wirst Du verstehn,
Und wir müssen beide sehn,
Daß es so bleibt wie es ist,
Jeder aus der Hand uns frißt;

Also laß uns handeln schnell,
Ist da erst mal ein Rebell,
Glimmt noch in der Asche Glut,
Heißt das, sei stets auf der Hut.

Sag den Leuten ins Gesicht,
Widerspruch den mag ich nicht,
Und ein jeder wird geduckt,
Der mir in die Suppe spuckt.

König Alfred ist gerecht,
Wer's bezweifelt, dem geht's schlecht;
Er ist ein so guter Mann,
Der jedoch auch anders kann.

KÖNIG ALFRED UND SEIN HANSWURST

König Alfred vom Pfuhl

König Alfred von dem Pfuhl
Sitzt hoch oben auf dem Stuhl;
Freut sich, wenn die Leute kriechen,
Braucht den Mief nicht selbst zu riechen;

Schaut nur zu, wie's ihm gebührt,
Daß sein Hanswurst kräftig rührt,
In des Königs eigner Kuhle,
Eifrig in verjauchter Suhle.

Wird dem Advokat nicht übel?
Nein, er füllt damit die Kübel,
Die er über den vergießt,
Der den König stört, verdrießt.

Hab am eignen Leib genossen,
Als die Jauche ist geflossen;
Wie sein Rechtler sich erquickt,
Hätte mich darin erstickt,

Wär ich machtlos Euer Ehren,
Könnt mich nicht durch's Schreiben wehren,
Das belegt durch Ihr Verbot,
Sollte steigern meine Not.

Wollen Sie mit Ihrem Richten
Einen Bürger ganz vernichten?
Ruf ich zu den Menschen: Seht,
Wie es um das Recht hier steht!

KÖNIG ALFRED UND SEIN HANSWURST

König Alfred in Klausur

König Alfred hat Zuhause
Auf dem Boden eine Klause;
Wenn er raufgeht, sagt er nur,
Ich geh wieder in Klausur.

Dort kann ich mich konzentrieren,
In mich gehn und meditieren,
Und bereits nach ein paar Stunden
Hab ich mich in mir gefunden.

Doch in seiner Bodenklause,
Trinkt der Alfred keine Brause;
Nein, er trinkt dort Korn und Sekt,
Weil ihm das viel besser schmeckt.

So hat Alfred, der Famose,
In Klausur die Symbiose
Aus dem feinen Intellekt
Und dem Weingeist hier entdeckt.

In der so geheimen Klause
Feierte er manche Sause,
Kommt er aber wieder raus,
Sieht er ganz geläutert aus.

Und man sprach: Es wird auf Erden
König Alfred heilig werden,
Wenn ihm so der heil'ge Geist
Weiterhin die Richtung weist.

KÖNIG ALFRED UND SEIN HANSWURST

König Alfred in den Jahren

König Alfred sprach: Die Jahre
Machen grau mir meine Haare;
Ja, sie werden langsam trocken,
Fort sind all die schönen Locken,

Und von meinem Schopf, dem prallen,
Sind schon Haare ausgefallen;
Es verlängert sich die Stirne
Nicht zum Vorteil für die Birne.

Man sieht die Geheimratsecken,
Lassen sich nicht mehr verstecken;
Für die Glatze, eine halbe,
Nehm ich erstmal eine Salbe;

Doch erscheint sie erst im ganzen,
Gehe ich nicht mehr zum Tanzen;
Ein Toupet, könnt ich mir denken,
Würd die alte Pracht mir schenken.

Aber würde das nicht halten,
Säh man plötzlich kahl den Alten;
Sie sind mir ein Kreuz die Jahre,
Haare werden Mangelware;

Daß die Jahre nicht verschönen,
Daran muß man sich gewöhnen,
Doch wenn wir der Welt entsagen,
Können wir auch Glatze tragen.

So sind wir einst angekommen,
Haare werden jetzt genommen;
Leben ist ein Geben, Nehmen,
Sollten wir uns nicht drum grämen.

König Alfred und Mister Gabel

König Alfred hat 'nen Faible
Für den Clark, den großen Gable,
Dachte, so möcht ich auch sein,
Und da fiel ihm etwas ein.

Einen Schnurrbart ließ er stehen,
Warf sich in die Brust beim Gehen,
Ja, er färbte sich sogar
Noch dazu sein graues Haar.

Was den König jetzt noch quälte,
War, daß ihm der Name fehlte,
Und er sagte sich nunmehr
Muß ein neuer Name her.

So ließ er sich umbenennen,
Leute, die mich heut nicht kennen,
Denken dann, ich bin ein Star,
Der ich leider niemals war.

Vorher fragte er die Mable:
Wie nennt man auf deutsch Clark Gable?
Ihm war klar, daß seine Frau,
Wußte so was ganz genau.

Gable heißt zu deutsch die Gabel,
Das weiß selbst die Heidi Kabel;
Alfred wurde nun im Land
Nur Herr Gabel noch genannt.

Und Herr Gabel, hoch in Jahren,
Sollt sein größtes Glück erfahren;
Eine Frau aus Hamburg-Hamm
Bat ihn um ein Autogramm.

Hörst Du nicht die Glocken?

König Alfred, König Alfred, schläfst Du noch, schläfst Du noch,
Hörst Du nicht die Glocken, hörst Du nicht die Glocken?
König Alfred, König Alfred, höre doch, höre doch,
Du sollst nicht frohlocken, Du sollst nicht frohlocken!

König Alfred, König Alfred, werde wach, werde wach!
Hast Du kein Gewissen, hast Du kein Gewissen?
König Alfred, König Alfred, welche Schmach, welche Schmach,
Bist Du auch gerissen, bist Du auch gerissen,

König Alfred, König Alfred, das nützt nicht, das nützt nicht,
Denk an Gottes Worte, denk an Gottes Worte,
König Alfred, König Alfred, wer sie bricht, wer sie bricht,
Der bleibt vor der Pforte, der bleibt vor der Pforte!

König Alfred, König Alfred, willst Du rein, willst Du rein,
Demnächst in den Himmel, demnächst in den Himmel,
König Alfred, König Alfred, lenke ein, lenke ein,
Höre doch die Bimmel, höre doch die Bimmel!

König Alfred, König Alfred, werde wach, werde wach,
Mußt die Sünden meiden, mußt die Sünden meiden,
König Alfred, König Alfred, weh und ach, weh und ach,
Wirst sonst furchtbar leiden, wirst sonst furchtbar leiden!

Remis in der Golfpartie

Alfred konnt mit seinen Schlägen
Ganz schön was beim Golf bewegen,
Über sechzig Meter weit
Flog der Ball durch Raum und Zeit.

Um den Ball so weit zu tragen,
Mußte Hanswurst dreimal schlagen,
Doch sein Handikap war groß,
So legten die beiden los.

Alfred schlug die sechzig Meter,
Hanswurst dreimal zwanzig später,
Und das Ganze zweimal noch,
Dann warn sie am ersten Loch.

Jetzt galt's, den Ball einzulochen,
Alfred war vor Wut am Kochen,
Hat sich ziemlich abgequält,
Von ganz nah das Loch verfehlt.

Und der Hanswurst war am Grinsen,
Noch ein Schlag ging in die Binsen,
Während er diesmal rasant
Mit dem Ball das Loch schnell fand.

Die Partie war nicht zu Ende,
Alfred spuckte in die Hände,
Holte aus und wurde bleich,
Der Ball landete im Teich.

Hanswurst lachte jetzt verstohlen,
Sprach: Den Ball, ich werd ihn holen,
Mit der Angel ohne Schnur,
Eben für die Bälle nur.

So war Hanswurst nun am Suchen,
Nach dem Ball, begann zu fluchen,
Denn das Erste, was er fing
Und in seiner Angel hing,

War ein Frosch und sonst nichts weiter,
Alfred wurde wieder heiter,
Und er rief, mach Dich mal lang,
Nicht so zaghaft, sei nicht bang.

Wie der Hanswurst sich nun streckte,
In der Tat den Ball entdeckte,
Schrie er auf, verlor den Halt,
Oh, wie war das Wasser kalt.

Hanswurst hatte so den Schaden,
Mußte unfreiwillig baden,
Alfred sprach: Die Golfpartie
Endet damit im Remis.

KÖNIG ALFRED UND SEIN HANSWURST

Hanswurst stell das Wasser ab!

Hanswurst stand in Alfreds Hause
Viel zu lang unter der Brause;
Da rief Alfred: Nun nicht mehr,
Sonst ist gleich die Dusche leer.

Dieses Wasser in der Masse
Reißt ein Loch in unsre Kasse,
Und Du sollst ein Vorbild sein,
Schließlich bist Du nicht allein.

So was mußt Du selber sehen,
Daß hier Gäste wartend stehen,
Also stell das Wasser ab,
Und dann setze Dich in Trab!

Hanswurst dachte, nicht zu fassen,
Ich darf nicht mal Wasser lassen
So wie mir das wohlgefällt,
Immer ist es nur das Geld,

Das der König hat im Sinne,
Dabei machen wir Gewinne,
Immer größer und so schnell
Wie kein anderes Hotel.

Doch der Wind er kann sich drehen,
Bis zum Hals das Wasser stehen,
Ihm im weiteren Verlauf,
Dann dreh ich mal richtig auf.

KÖNIG ALFRED UND SEIN HANSWURST

In vino veritas

König Alfred und Hanswurst
Hatten wieder einmal Durst,
Und nach einem Schoppen Wein
Stimmten sich die beiden ein:

Vinum, vini, vino,
Der Wein macht uns so froh,
In vino veritas,
Wir trinken noch ein Glas.

Was immer auch geschieht,
Sie singen dieses Lied
Und bleiben dann dabei
Mit Strophe Nummer zwei:

Vinum, vini, vino,
Wir machen weiter so,
In vino veritas,
Das Trinken bringt uns Spaß.

Die Strophe Nummer drei
Erklingt schon ziemlich frei;
Dann ziehn sie hoch die Hos,
Es geht von vorne los:

Vinum, vini, vino,
Wir müssen gleich aufs Klo,
In vino veritas,
Sonst wird die Hose naß.

Habt mich mal gern!

Zeitlebens war ich Einzelkämpfer,
Verpaßte manchem einen Dämpfer;
So geb dem Hamburger Senat,
Ich hiermit einen guten Rat:

Wenn ihr euch von dem Bockwurstfürsten
Verbraten laßt zu kleinen Würsten,
Ist das nicht neu im hohen Haus,
Doch mich laßt bitte dabei raus.

Ich bin gewappnet gegen Kälte,
Schamlose Richter, Staatsanwälte;
Auch die verlogne Polizei
Schickt besser ihr nicht mehr vorbei.

Bevor die Würde ich verliere,
Nehm ich in Kauf, daß ich krepiere;
Ich sag im Rathaus euch, ihr Herrn,
Ihr könnt mich mal, habt mich mal gern!

Hoch die Tassen!

Hamburg, groß im Geldverschwenden,
Wirft Geld raus mit vollen Händen;
Fehlt es dann an allen Enden,
Ruft die Führung auf zum Spenden.

Sollte von der Sau den Haufen
Sich statt dessen erst mal kaufen;
So die Bürgerrechte wahren,
Dabei obendrein noch sparen.

Doch viel schöner ist das Prassen;
Deshalb heißt es: Hoch die Tassen!
Immer wieder leere Kassen,
Und die Dinge laufen lassen.

Nichts als Spesen

Gewiß könnt ich noch manches schreiben;
Was soll's, ich will nicht übertreiben,
Denn wer mag schon Gedichte lesen
Im bundesdeutschen Bildungswesen?

Wer will von Freiheit etwas hören,
Das würde nur die Ruhe stören,
So daß ich für zehn weitere Bände
Bestimmt auch keine Leser fände.

Vom Rechtsbefinden ganz zu schweigen,
Der Bürger müßte Flagge zeigen,
Doch er zieht vor das Fahnenschwenken
Beim Fußball, wenn er nicht muß denken.

So lassen wir's hiermit bewenden,
Die König Alfred Bücher enden
Mit diesem Band, das ist's gewesen,
Viel Mühe, sonst nichts außer Spesen.

Bekanntmachung

Ich geb es allgemein bekannt,
Mein toter Körper wird verbrannt;
Die Asche soll man zum Verwenden
Dem Bürgermeister Ole senden.

Ich möchte ihn damit erfreun;
Man soll die Asche vor ihn streun
Zur Winterszeit bei Eis und Glätte,
Wo immer er es gerne hätte.

Er hat ja keinen leichten Stand
Mit König Alfred hier im Land;
Daß er nicht rutscht, fällt auf die Nille,
Ist hiermit nun mein letzter Wille.

Anhang

Bücherverbannung

Ich grüße Dich Hermann, mein diesmal den Hesse,
In Deutschland zensiert man, ist unfrei die Presse;
Du gingst schon damals von Deutschland fort,
Für Dich war Freiheit kein leeres Wort.

Wurdest freier Bürger in einem Land,
In dem man noch nie hat Bücher verbrannt.
Ich hoffe, dorthin auch die meinen zu retten,
Bevor sie mich hier abführn in Ketten.

So kann vielleicht in fernen Zeiten,
Was ich schrieb, Freude noch bereiten,
Und dies in einem deutschen Land,
Das meine Bücher hat verbannt.

Deutsche Bank

So was nennt sich Deutsche Bank,
Wirft das Geld raus, ist fast blank;
Eine Bank, die mit viel Kraft,
Schaden bringt und Leiden schafft.

Ihr beredter Chefpatron
Sackt für sich ein höchsten Lohn;
Wird er säumig in der Pflicht,
Haftet er natürlich nicht.

Schickt den Mann schnell auf den Acker,
Daß er dort mal richtig racker,
Ehrlich sich verdient sein Brot,
Bringt die Menschen nicht in Not.

Bankbetrug

Er hat öffentlich gelobt,
Seine Bank sei nicht gedopt
Mit den Titeln, welche diese
Könnten bringen in die Krise.

Zum Beweis, so macht das Sinn,
Protzte er mit dem Gewinn,
Ausgezahlt als Dividende,
Damit man ihm Beifall spende,

Und der Aktienkurs, sein Ziel,
Nicht ins Bodenlose fiel.
Damit konnte er Vertrauen
Bei den Anlegern aufbauen,

Die ihm glaubten, seine Bank
Sei nicht wie die andern krank,
Später sich die Haare rauften,
Weil sie seine Aktien kauften

Und, so war das nicht gedacht,
Ums Ersparte warn gebracht;
Dem Betrüger aufgesessen,
Wie man merkte unterdessen,

Mit dem fürstlichen Gehalt,
Sollt in eine Haftanstalt,
Wo von Habgier er gesunde,
Hört man aus berufnem Munde.

Smarte Heilige

Smarte, mit den klugen Köpfen,
Das ist wirklich allerhand,
Die erst Unternehmen schröpfen,
Streun dann in die Augen Sand

Mit der gut plazierten Spende,
Von dem abgezockten Geld;
Werden dadurch so am Ende
Als Wohltäter hingestellt.

Gehen ein in die Geschichte,
Das erhebt doch ungemein,
Als, so lauten die Berichte,
Menschen mit dem heilgen Schein.

Wenn Wowereit den Ole freit

Oh wie schön ist das zu sehen,
Männer schließen jetzt auch Ehen,
Wenn die Zukunft sie gestalten,
Miteinander Händchen halten.

Fehlt nur noch, daß Wowereit
Unsren guten Ole freit;
Das wär wirklich wunderbar,
So ein Bürgermeisterpaar,

Das sich in der Liebe findet,
Hamburg und Berlin verbindet,
Dazu auch noch schwarz mit rot
Treu vereint bis in den Tod.

Was sonst üblich bei den Damen,
Klaus bekäme Oles Namen,
Der ihn in den Adel schleust,
Wowereit würd ein von Beust.

Habt euch lieb!

Wenn Wowereit den Ole freit,
Mein Gott, das ist die neue Zeit;
Du gabst den Menschen ihren Trieb
Mit der Bestimmung: Habt euch lieb!

Da sollte niemand sich beschweren,
Wolln doch die beiden kräftig mehren,
Vereint in Liebe, Hand in Hand,
Den Wohlstand hier im ganzen Land.

Vor ihnen muß man sich erheben
Und ihnen großen Beifall geben;
Denn ohne Wohlstand, der muß sein,
Blieb doch der Mensch ein armes Schwein.

Ole und der Kuschelbär

Kusch, das läßt mir keine Ruh',
Er verließ die CDU;
Gründete, er war so frei,
Eine eigene Partei,

Die für ihn nicht nur allein,
Sollte eine Heimat sein,
Die er vorher hat vermißt,
Was schon sehr bedenklich ist.

Doch es ist noch nicht zu spät,
Wenn der Ole in sich geht,
Alte Freundschaft nicht vergißt,
Zeigt er sich als wahrer Christ.

Reicht er Kusch dann seine Hand,
Knüpft parteilich neu das Band,
Wird der, was gut möglich wär,
Vielleicht Oles Kuschelbär.

Der Rechtsdoktor

Uns bringt der Paragraphenreiter
Mit Doktortitel auch nicht weiter,
Wenn er vom Paragraph gelenkt,
Das Denken ganz und gar sich schenkt.

Und solche Paragraphenreiter,
Ich finde das durchaus nicht heiter,
Bekam ich mehrfach bei Gericht
Im Lauf der Jahre zu Gesicht.

Doch wenn der Kopf bis zu den Ohren
In Paragraphen eingefroren,
Dann bleibt kein Platz im Rechtsgewand
Für Rechtsempfinden und Verstand.

Das Nudelgericht

Die richterlichen Nudeln
Verhudeln und verdudeln
Das Recht, dem ich vertraut;
Sie haben es versaut.

Wenn Richter in Gerichten
Das Recht zugrunde richten,
Dann wird es höchste Zeit,
Daß die Gerichtsbarkeit,

Die selbst vom Unrecht schwanger,
Kommt endlich an den Pranger;
Sonst bleibt vom Rechtsstaat nur
Wieder Makulatur.

Zum Polizeistaat

Längst sind gegangen wir den Pfad
Vom Rechts- zum Paragraphenstaat,
Wo Richter auf den Paragraphen
Sich ausruhn, Wahrheit Lügen strafen.

Der nächste Schritt scheint mir nicht weit;
Wir nähern uns vergangner Zeit,
Wo gänzlich man das Recht entkleidet
Und gleich die Polizei entscheidet.

In meinem Fall, so ihre Sicht,
Ist überflüssig das Gericht;
Es nützt nichts, wenn ich mich beschwere,
Weil ihr Entscheid endgültig wäre.

Was sie vollbracht hat, das macht Sinn,
So geht's zum Polizeistaat hin;
Das Grundgesetz, die Menschenwürde,
Für Polizisten keine Hürde.

Ein feiner Staat

Recht und Freiheit sollt ich schützen;
Dafür zog man mich einst ein,
Um dem deutschen Volk zu nützen,
Mußt ich gut gerüstet sein.

Lernt' den Wurf mit Handgranaten,
Schoß mit dem Maschin'gewehr,
Panzerfaust, schlug mit dem Spaten,
Unsrem Vaterland zur Ehr.

Weil ich mich so gut bewährte,
Ging ich ab als Offizier,
Der den Waffenumgang lehrte,
Und man gratulierte mir.

Heute nun ist das vergessen,
Man zog die Pistole ein,
Die zum Selbstschutz ich besessen,
Dies würd zu gefährlich sein.

Es war eine Schreckschußwaffe,
Die durch ihren lauten Knall,
Das begreift wohl selbst ein Laffe,
Schützen sollt vor Überfall.

Für die Polizei hingegen
War das gar nicht zu verstehn,
Sah, tat schriftlich dies belegen,
Nun von mir Gefahr ausgehn.

Ging's um Raub und Überfälle,
Und die gab es hier zuhauf,
War sie aber nie zur Stelle,
Nahm ein Protokoll nur auf.

Recht und Freiheit mein Bestreben,
Setzte ein mich in der Tat;
Jetzt könnt ich mich übergeben,
Schau ich diesen feinen Staat.

Soldat der Bundeswehr

Kämpfen darfst Du für das Land,
Soldat der Bundeswehr,
Doch bist Du einst im Ruhestand
Zählt das im Land nicht mehr.

Erfuhr ich selbst, war Offizier,
Erfüllte meinen Zweck,
Und unser Staat, er dankt es mir
Als wär ich für ihn Dreck.

Ich war Soldat der Bundeswehr,
Tat treulich meine Pflicht;
Jetzt trampelt man auf meiner Ehr'
Und spuckt mir ins Gesicht.

Sterben für Würste*

König Alfred, er darf werben
Für Salat- und Wurstverzehr.
Die Soldaten dürfen sterben
Für das Land und für die Ehr'.

Gegen Ehrabschneider streiten
Dürfen sie bei Strafe nicht,
Keine Wahrheiten verbreiten,
So verfügte das Gericht,

Wenn ein solcher Ehrabschneider
So wie König Alfred wär,
Wiegt die Wurstversorgung leider
Weitaus schwerer als die Ehr'.

Was wohl die Soldaten meinen,
Geben sie ihr Leben hin,
Bekommt jetzt das Sterben einen
Sehr erhebend neuen Sinn.

Für die Würste dürft ihr streiten,
Freut sich König Alfred sehr,
Kann den Umsatz er ausweiten,
Denn die Ehre zählt nicht mehr.

* Aus: »Erlebnisse im Hotel ...«, Bd. III

Die Suppenspucker

Jetzt spuckt eine ganze Gruppe
Richter mir schon in die Suppe,
Doch die Gruppe mit Gewehr
Führte ich beim Militär.

Deshalb bleibe ich gelassen,
Weiß die Herren anzufassen;
Wenn sie wollen, kriegen sie
Eine Gruppentherapie.

Und gehn schließlich sie zu Werke,
Sagen wir in Truppenstärke,
Nein, ein guter Offizier
Steht durchaus auch aufrecht hier.

Wenn sie also noch mehr spucken,
Soll mich das nicht weiter jucken,
Denn auch ihnen, das voraus,
Geht einmal die Spucke aus.

Und die Spucke in den Suppen
Kann sich derart dort entpuppen,
Daß sie sich darin nicht hält,
Zurück auf die Spucker fällt.

* Aus: »Erlebnisse im Hotel ...«, Bd. VI

Wieder Polizeigewalt

Unsre Polizeigewalt
Hat sich wieder festgekrallt;
Will mir endgültig nun zeigen,
Wie sie Bürger bringt zum Schweigen;

Indem sie mich hinbefahl
Zum Verhör, die Zeit mir stahl,
Bei dem Amt für Kriminelle,
Für mich grad die richtge Stelle.

Alles, was zur Frage stand,
War auch vorher schon bekannt;
Das, so sag ich, sind Schikane
Modrig fauler Staatsorgane.

Gab danach noch keine Ruh,
Zog den Staatsanwalt hinzu;
Will mich damit bange machen,
Kann darüber doch nur lachen.

Bin gespannt, was dem einfällt,
Ob er mich bei Laune hält,
Stoff mir gibt zum Weiterschreiben,
Wenn ich mich an ihm kann reiben.

Nun, er war nicht klug genug,
Fiel herein auf Lug und Trug;
Seine Klage, schwer zu fassen,
Wurd gerichtlich zugelassen.

Und so steh, man glaubt es nicht,
Ich demnächst vorm Strafgericht;
Werde gern davon berichten,
In den folgenden Gedichten.

Zum Strafverfahren

Wahrlich, dümmer geht es nicht;
Man lud mich zum Strafgericht,
Weil ich, wirklich wunderbar,
Im Besitz der Waffen war,

Nachdem dies ward untersagt;
Deshalb wurd ich angeklagt.
Erst dacht ich, es sei ein Witz;
Falsch gedacht, ein Geistesblitz

Unsrer werten Polizei;
Das Gericht war drauf so frei,
Zeigte seinen geistgen Rang,
Zog gleich mit am selben Strang.

Den Besitz, es fragt sich bloß,
Wie wohl wird man solchen los,
Wenn, hätt man ihn fortgebracht,
Man erst recht sich strafbar macht.

Das hätt denen gut gepaßt,
Hätten sie mich dann gefaßt,
Mit den Waffen außer Haus,
Wär dies endgültig das Aus.

Deshalb nun verstrich die Frist,
Die zwar gleichfalls strafbar ist,
Bis die Polizei selbst kam
Und die Waffen an sich nahm.

Das ist hier der geistge Stand
Im gelobten deutschen Land;
Da wundert es wirklich nicht,
Daß die Pleite ist in Sicht.

Wieder mal im Strafgericht

Hier nun ist er, mein Bericht,
Wieder aus dem Strafgericht;[1]
Unser Anwalt ist dabei,
Selbstverständlich Polizei;

Jemand, wie es sich gebührt,
Der das Protokoll hier führt;
Dann, für mich ein neuer Brauch,
Hamburgs Staatsanwaltschaft auch,

Und, dies freut mich, immerhin,
Zudem eine Richterin.
Doch bei ihrem geist'gen Rang,
Währte Freude nicht sehr lang,

Denn es wurde ganz schnell klar,
Daß sie sich schon einig war,
Mit des Staates Anwaltschaft;
So trat folgendes in Kraft:

Richterin vom Strafgericht,
Mit dem strafenden Gesicht,
Gab nach einer halben Stund'
Ihre Urteilsfindung kund:

Sie sind schuldig, einwandfrei,
Denn die werte Polizei,
Da sie Freund und Helfer sei,
Wär gekommen gern vorbei;

Hätt die Waffen einkassiert,
Sogar den Empfang quittiert;
Doch es fehlte Ihr Gesuch,
Das ist in der Tat ein Fluch,

Der Sie nunmehr schuldig macht;
Uns hat er was eingebracht,
Und so fließt nun mangels Masse[2)]
Ganz schön was in unsre Kasse.

So weit die Frau Richterin,
Ja, sie langte richtig hin,
Hatte aber unterdessen
Dabei sicherlich vergessen,

Daß mein Anwalt tätig war,
Interessiert nicht, offenbar,
Oder wollte sie's nicht glauben,
Um Moneten abzustauben?

War's vielleicht ein Akt der Macht,
Hatte sie sich wohl gedacht,
Um den Schreiber klein zu kriegen,
Werd ich auch das Recht verbiegen?

So könnt es gewesen sein,
Dazu fällt noch manches ein;
Das jedoch will ich mir schenken,
Mag sich jeder selber denken.

Dem, der trotzdem noch mal fragt,
Sei zum Abschluß dies gesagt:
Ich denk, solche Rechtsstrategen
Sollten besser Straßen fegen.

1) Sh.: Mir reicht's! Deutschland ade »Im Strafgericht«, S. 62
2) Strafgeld Euro 6.500,–

Ein Raffzahn

Wenn man von einem Raffzahn spricht,
Dann denke ich ans Strafgericht,
Und schon kommt mir die Richterin,
Die mich bestrafte, in den Sinn.

Es scherte sie nicht Lug und Trug,
Nein, sie sprang auf den gleichen Zug;
So wurde ich noch mal gelinkt,
Es heißt ja auch, daß Geld nicht stinkt.

Dafür stinkt es in diesem Staat,
Der mich erneut zur Kasse bat;
Den Rechtsstaat hab in meiner Welt
Ich mir ganz anders vorgestellt.

Für die Würde

Ein Mahnmal steht vor dem Gericht,
Der Geist geläutert wurd er nicht;
So bot ich an, für mein Betragen,
Wie Christus, mich ans Kreuz zu schlagen.*

Am besten gleich vor dem Gericht,
Das Mahnmal dabei gut in Sicht,
Damit die Richter in sich gehen,
Wahrhaft'ger Geist kann neu entstehen.

Mein Kreuz versöhnt mich mit dem Zorn,
So werd im Leid ich neu geborn,
Möcht durch den Tod ein Zeichen geben
Für mehr an Würde hier im Leben.

* Sh.: »Die Kreuzigung« in »Nur noch für Dich«, Band I, S. 95

Kriminelle – Polizei

Polizei und Kriminelle;
Wenn ich mir die Frage stelle,
Wen ich vorzieh von den beiden,
Wie würd ich mich dann entscheiden?

Sicher ist, den Kriminellen
Dürft ich mich entgegenstellen
Mit Gewalt, zwar ohne Waffen,
Sie aus meinem Hause schaffen.

Mit der Polizei hingegen
Dürfte ich mich nicht anlegen,
Wenn Hausfrieden, Menschenwürde
Sie verletzt, sind keine Hürde.

Nicht ganz leicht, sich zu entscheiden,
Besser sollt man beide meiden;
Letztlich kann man doch nicht wählen
Und nur auf sich selber zählen.

Die Zähne ziehn

Ich muß wohl doch ins Ausland fliehn,
Denn man will mir die Zähne ziehn;
Wer sich mal auf die Zunge biß,
Der ist sich der Gefahr gewiß,

Die vom Gebiß im Mund ausgeht,
Wenn zwischen Zähne was gerät.
Ich hatte kürzlich wieder Zwist,
Ein Mannsbild war's von Polizist.

Da knurrte nun mein Magen laut,
Der Mann hat ängstlich dreingeschaut;
Mein Mund ging auf, er sah's Gebiß,
Worauf er in die Hose schiß.

Nach diesem fürchterlichen Schreck
Solln nun auch meine Zähne weg;
Sie, da gibt's keinen Meinungsstreit,
Gefährdeten die Sicherheit.

Rechtsstaat?

Der Rechtsstaat hier ist wie ein Rahmen
Aus dem ein schönes Bild verschwand;
Verdient nun nicht mehr seinen Namen,
Gleicht diesem Rahmen an der Wand,

Der keinen Einblick kann gewähren
In eine sinnerfüllte Welt;
Uns selbstgefällig einen leeren,
Rechtsarmen Staat vor Augen hält;

Mit Rechtsverdrehern, Bürokraten,
Gelenkt von Macht, vom großen Geld;
Wo sind wir wieder hingeraten?
Fehlt nur noch, daß der Rahmen fällt.

Die letzte Tat

Ich sage, was ich meine
Und meine, was ich sag,
Weil ich, im falschen Scheine,
Was uns umgibt, nicht mag.

Die Freiheit, die ich meine,
Nur so kommt sie zum Zug,
Kämpf gegen das Gemeine,
Verlogenheit und Trug.

Ein jeder soll das hören,
Wacht auf im deutschen Staat,
Auf Freiheit Euch einschwören,
Bleibt meine letzte Tat.

Oh Waldeslust!

Oh Waldeslust, oh Waldeslust,
Man schlägt sich wieder an die Brust;
Wir sind doch wer, wir sind doch wer,
Vergangenheit, sie zählt nicht mehr.

Kein Führer da, der uns verführt,
Nur Oskar, der das Feuer schürt;
Der sich vor allem selbst gefällt,
So gerne große Reden hält.

Er schafft bestimmt kein viertes Reich,
Die Menschen blieben sich zwar gleich,
Doch heut in der Globalkultur
Sind wir ein kleines Rädchen nur.

Oh Waldeslust, oh Waldeslust,
Wie gut lebt es sich unbewußt;
Wir preisen unsren schönen Wald,
Und alles andre läßt uns kalt.

Wert der Freiheit

Freiheit sei von höchstem Wert,
Wurde einstmals ich belehrt;
Nun weiß ich es ganz genau:
Saß man unschuldig im Bau,

Werden einem hier im Land
Jetzt elf Euro zuerkannt,
Für den Tag Freiheitsentzug
Als Entschädigung genug.

Das entspricht in etwa schon
Einem kleinen Stundenlohn;
Wenn dies ist der Freiheit Wert,
Wurd ich damals falsch belehrt
Oder heut läuft was verkehrt.

Sh.: Frankfurter Allgemeine Sonntagszeitung vom 16. Nov. 2008, S. 59

Schönrednerei

Mit der Freiheit und dem Recht
Steht's im deutschen Staate schlecht;
Auch die Würde wurd im Land,
Mir zum Beispiel, aberkannt.

Wenn den Mächtigen es nützt,
Deren Interessen schützt,
Scheinen Freiheit, Recht so fern,
Wie auf einem andren Stern.

Da zeigt sich die Staatsgewalt
Dann in ihrer Mißgestalt,
Die den freiheitlichen Geist
Nur in schönen Reden preist.

Lullt den Bürger damit ein,
Er kann doch zufrieden sein,
Wenn er seine Klappe hält,
Wie's der Staatsmacht wohlgefällt.

Einigkeit im Recht auf Feigheit

Einigkeit im Recht auf Feigheit
Wurd bestimmend für das Land,
Dem ich treu und redlich diente,
Wo einst meine Wiege stand.

Jetzt kann ich es nicht mehr lieben,
Über alles in der Welt,
Wenn den Schutz von Ehre, Würde
Man nicht mehr für nötig hält.

Einigkeit im Recht auf Feigheit,
Keines Glückes Unterpfand,
Ist jedoch für sein Verderben
Uns ein sicherer Garant.

Kein feste Burg

Mir ist versagt das Schauen
Im festen Gottvertrauen;
So wie die Welt ausschaut,
Hat kein Gott sie erbaut.

Was ist aus ihr geworden,
Mit Menschen, die sich morden,
Wo Gott bläst in das gleiche Horn,
Besänftigt damit seinen Zorn,

Daß er, mir dreht's den Magen,
Den Sohn ans Kreuz läßt schlagen;
Zudem, weil er die Menschen liebt,
Angeblich den Beweis so gibt.

Um dieses zu beweisen,
Mußt er derart entgleisen?
War bei der Schöpfung nicht bewußt,
Was daraus einst entstehen mußt?

Wie soll man im Vertrauen
Die feste Burg drauf bauen?
Dafür, so lautet der Befund,
Ist viel zu schwach der Untergrund.

Staatsverschwendung

Vier Prozent gibt's für's Ersparte,
Doch das ist noch kein Gewinn
Aus dem Fleiß, für Arbeit harte,
Denn der Staat langt wieder hin.

Will ein Teil von diesen Gaben,
Nahm sich reichlich schon vom Lohn;
Was die Sparer übrig haben,
Gleicht nicht aus die Inflation,

Als Produkt vom Geldverschwenden;
Darin nämlich zeigt der Staat,
Wirft Geld raus mit vollen Händen,
Ein beachtliches Format.

Balken im Auge

Wer die andern will belehren,
Sollte vor der Haustür kehren,
Seiner eignen, dort der Dreck
Müßte zuerst einmal weg.

Sonst kann es zu Recht verbittern,
Wird gesucht nach fremden Splittern;
Hält den Balken man bedeckt,
Der im eignen Auge steckt.

Die richtige Mischung

Auf die Mischung kommt es an;
Wenn das so ist, mische man,
Was als Mischung aufgetischt,
Herzen und den Geist erfrischt.

Mir gelang dies bisher nicht,
Schade um manch ein Gedicht;
Wer es besser macht als ich,
Dem zeig ich erkenntlich mich.

Verwunderlich?

Aus dem werd ich nicht klug, sagt man;
Ist das verwunderlich?
Man fange bei sich selber an;
Wer wird schon klug aus sich?

Mit Niemand leben

Hinauf stieg er die Lebensleiter,
Und jemand war stets sein Begleiter;
So kam er fast bis an das Ende,
Jetzt reicht ihm niemand seine Hände.

Das hat nun seine Eigenheiten,
Mit niemand kann man sich nicht streiten;
Gewöhnt man sich mit ihm zu leben,
Wird's die Enttäuschung nicht mehr geben.

Wir können unsre Ruhe finden,
Wenn wir uns nicht an jemand binden;
Mit niemand gehn die letzten Stufen
Bis wir werden abberufen.

Wie ein Graben

Er wollte mich begreifen,
Doch darauf kann ich pfeifen;
Kann manches, das geschehen,
Heut selbst kaum noch verstehen.

Was selber wir erleben,
Es kann uns Aufschluß geben,
Sofern wir es dann lenken
In uns zum tiefren Denken.

Das eigene Empfinden
Mit fremdem zu verbinden,
Wie soll es weiterführen,
Wenn sie sich nicht berühren?

Von außen einzudringen,
Wird selten nur gelingen;
Bewußtsein, das wir haben,
Umschließt uns wie ein Graben.

Geburt und Tod

Den Tag des Todes mehr zu preisen,
War gar nicht selten bei den Weisen,
Als jenen, da der Mensch geboren,*
Zur Lebensmühsal auserkoren.

Doch diese Meinung, wenn wir fragen,
Wird kaum von jemand mitgetragen;
Man muß die Frage anders stellen,
Um das Bewußtsein zu erhellen.

Würd Dir die Möglichkeit gegeben,
Dein Leben noch einmal zu leben,
Genauso wie's bisher gewesen?
Dann kann man erste Zweifel lesen.

Und viele werden darauf sagen,
Nein danke, nicht noch mal die Plagen;
Das macht es deutlich, so gesehen,
Kann man die Weisen schon verstehen.

* Koheleth (7,2)

Der Stein im Sumpf macht keine Ringe*

Willst ernstlich Du die Welt belehren,
Verlier Dich nicht in Illusionen;
Mußt Deiner Haut Dich bald erwehren,
Mit Strafe wird man es Dir lohnen.

Ich hab mein Mögliches gegeben,
Dacht, daß ich Licht ins Dunkel bringe,
Doch aussichtslos war mein Bestreben,
Der Stein im Sumpf macht keine Ringe.

So bleibt der Mensch im allgemeinen
Sich immer gleich zu allen Zeiten;
Als Lichtblicke für uns erscheinen,
Veränderte Gegebenheiten.

* Goethe

Wie geht's?

Wie's mir geht? Mir geht's so gut,
Ich denk, wie dem alten Hut,
Abgelegt im Pappkarton,
Nachdem weg war die Facon.

Der am Ende seiner Bahn,
Pflicht und Schuldigkeit getan,
Nur noch der Entsorgung harrt;
Das ist meine Gegenwart.

Erscheinung

Die Gedanken kreisen, kreisen
In den längst vergangnen Zeiten;
Wie Delphine auf den Reisen
Durch des Meeres tiefe Weiten.

Bis wir plötzlich Bilder sehen,
Eindrucksvoll aus unsrem Leben,
Die, als wär es grad geschehen,
Was verlorn noch einmal geben.

Gleich Delphinen aus dem Meere
Ins Bewußtsein sich erheben,
Der Erscheinung folgt die Leere,
Untertauchen und entschweben.

Schwermut

Vierzig Jahre gingen wir
Hand in Hand durchs Leben;
Nun blieb ich alleine hier,
Stand hilflos daneben

Als der Tod zur Liebsten kam,
Den Arm um sie legte,
Ihr den letzten Atem nahm,
Sie sich nicht mehr regte.

Das verbliebne Wegesstück,
Mich erfaßt ein Schauer,
Leg ich ohne sie zurück,
Einsam, tief in Trauer.

Wie oft noch?

Wie oft geh ich diesen Weg noch?
Frag ich jedes Mal;
Wird mir, Liebste, ohne Dich doch
Jeder Schritt zur Qual.

Ich seh Dich in Deiner Anmut,
Deinen leichten Gang;
Hör, was mir fehlt, jetzt so weh tut,
Deiner Stimme Klang.

Schaue dann in Dein Gesicht,
Bleib erschrocken stehn;
Sehe, wie Dein Auge bricht,
Kann nicht weitergehn.

Würd doch!

Würd doch ein liebes Wort von Dir
Mir Freude jetzt bereiten;
Wenn ich gleich fahre fort von hier,
Mich auf dem Weg begleiten.

Würd doch ein lieber Blick von Dir
Noch mal das gleiche sagen,
Ließ leicht mich, bis zusammen wir,
Des Tages Mühn ertragen.

Würd doch ein Wiedersehn mit Dir
Mich noch einmal beleben;
Danach dann mög der Tod auch mir
Die Hand zum Abschied geben.

Ohne sie

Ohne sie such ich vergebens
Noch mal nach dem Sinn des Lebens;
Meines Lebens, dessen Sinn
Mit der Liebsten schwand dahin.

Ohne sie kann mir das Leben
Nicht noch einmal Freude geben;
Möchte ich nur noch dahin,
Wo ich wieder bei ihr bin.

In der Welt, die wir nicht kennen,
Jenseits und auch Himmel nennen,
Die als Lichtquell mir erscheint,
Uns in Ewigkeit vereint.

Gute Nacht!

Mein Tagewerk, es ist vollbracht,
Ich frag wozu, sag gute Nacht,
Mein Schatz, weil ich todmüde bin,
Hab aber immer Dich im Sinn.

Schon fallen mir die Augen zu,
Wär dies doch meine letzte Ruh',
Wo ich in meinem schönsten Traum
Verlasse mit Dir Zeit und Raum.

Erlebnisse im Hotel mit König Alfred und seinem Hanswurst unter Berücksichtigung der Zensur durch das Landgericht Hamburg. Der Kampf eines Bürgers gegen ein Unternehmen mit faschistoiden Verhaltensweisen. Band I–IX
Band I: ISBN 978-3-8334-7985-4

Die frivolen Geschichten mit König Alfred und seinem Hanswurst
ISBN 978-3-8334-8038-6

König Alfred und sein Hanswurst
Ein MALBUCH mit 66 heiteren Geschichten in Versform
ISBN: 978-3-8334-8037-9

Sokrates läßt Deutschland grüßen – damit Freiheit atmen kann
ISBN 978-3-8334-7988-5

Das große Kochbuch
Ein Menü für Juristen und verantwortungsbewußte Staatsbürger
ISBN 978-3-8334-7987-8

 Mir reicht's – Deutschland ade
ISBN 978-3-8334-7986-1

 Daß Liebe unser Leben durchdringt ...
ISBN 978-3-8334-7977-9

 Für Dich
ISBN 978-3-8334-7975-5

 Nur noch für Dich – Eine Liebeserklärung, Band I–III
Band I: ISBN 978-3-8334-7976-2
Band II: ISBN 978-3-8334-8769-9
Band III: ISBN 978-3-8334-7406-4

 Anfang und Ende – Gedichte für einen geliebten Menschen
ISBN: 978-3-8334-8770-5

Für Dich – Eine Nachlese
ISBN: 978-3-8370-6224-3